# Le petit fantôme peureux

*À Ian, avec beaucoup d'amour – E. B.*

*À Graham et Sylvie, avec amour*
*et gratitude – M. L.*

Catalogage avant publication de Bibliothèque
et Archives Canada

Baguley, Elizabeth
Le petit fantôme peureux / Elizabeth Baguley ;
illustrations de Marion Lindsay ;
texte français de Josée Leduc.

Traduction de: Ready, steady, ghost!

ISBN 978-1-4431-1188-1

I. Lindsay, Marion  II. Leduc, Josée, 1962-  III. Titre.

PZ23.B338Pe 2011     j823'.92     C2011-901803-9

Édition publiée par les Éditions Scholastic, 604, rue King Ouest, Toronto
(Ontario)  M5V 1E1, avec la permission d'Oxford University Press.

5  4  3  2  1     Imprimé en Chine  CP147     11  12  13  14  15

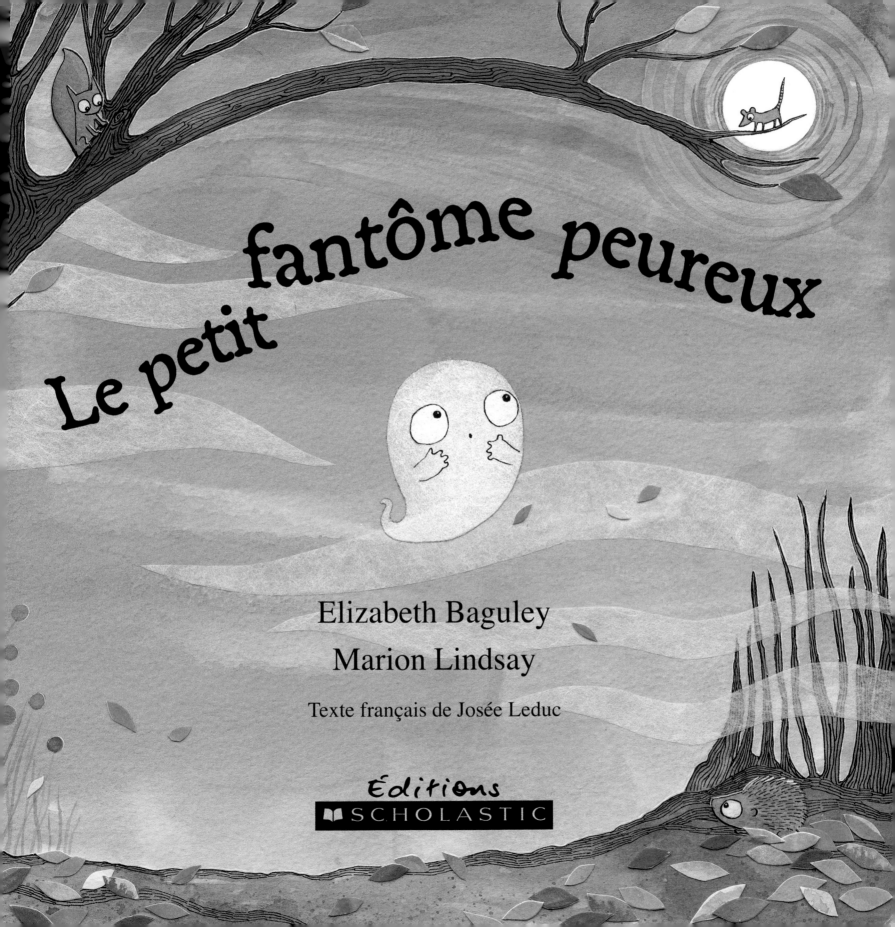

# Le petit fantôme peureux

Elizabeth Baguley

Marion Lindsay

Texte français de Josée Leduc

Éditions SCHOLASTIC

**Minuit!**
C'est l'heure pour Oscar de se mettre
au travail.
**À vos marques! Prêts?
Hantez!**

Les grands fantômes accourent pour
faire des *Bouuu!* et des *Ouuuuu!* dans
les immenses forêts et les châteaux vertigineux.
Mais Oscar n'est pas un grand fantôme.
Il se sent beaucoup trop petit pour
hanter de vastes espaces.

Oscar se glisse plus profondément dans le bois.
Il y fait obscurément obscur et il se sent affreusement seul.
— *Je n'aime pas cet endroit,* gémit-il. *J'ai besoin d'une maison*
*chaleureuse à hanter, une petite maison confortable et douillette!*

Deux lumières luisent dans la nuit.

— *Des fenêtres!* s'exclame Oscar en se précipitant.
*Les fenêtres d'une petite maison!*

Puis les lumières se mettent à clignoter.

— *Frisson de peur, frisson d'horreur!* s'écrie Oscar. *Ce ne sont pas des fenêtres… ce sont les yeux d'un grand, d'un très méchant…*

Heureusement, le grand méchant
loup ne voit pas Oscar camouflé
derrière les feuilles.
Il pousse un hurlement et s'en va.

Quelque chose miroite au clair de lune.

— *Un sentier!* s'exclame Oscar en se précipitant.
*Un sentier qui mène à une maison douillette!*
Puis le sentier se met à onduler
et devient glissant.

— Frisson de peur, frisson d'horreur!
s'écrie Oscar. Ce n'est pas un sentier…
ce sont les écailles d'un énorme, d'un étouffant…

Heureusement, l'énorme,
l'étouffant serpent ne voit pas
Oscar dans le clair de lune.
Il siffle et s'en va.

Un tourbillon de fumée monte dans le ciel.
— *La fumée d'une cheminée!* s'exclame Oscar
en se précipitant. *La cheminée
d'une maison chaleureuse!*
Puis le tourbillon de fumée
se transforme en flammes.

— Frisson de peur,
frisson d'horreur! s'écrie Oscar.
Ce n'est pas la fumée d'une cheminée… c'est le souffle
d'un **monstrueux**, d'un **redoutable**…

Heureusement, le monstrueux, le redoutable dragon
ne voit pas Oscar entre les arbres. Il rugit et s'en va.

Puis Oscar voit d'autres lumières scintiller dans la nuit.
— *Des fenêtres, s'il vous plaît!* supplie-t-il.
Et cette fois, c'est vrai. Mais ce ne sont pas les fenêtres
d'une petite maison, douillette et chaleureuse.
Ce sont les fenêtres d'un *gigantesque, d'un effrayant...*

château!

À l'intérieur, c'est terriblement haut et spacieux. Mais Oscar se cache derrière une petite porte pour s'exercer à faire des trucs de grand fantôme.

— *Bou!* crie-t-il en sautant de la manière la plus fantomatique possible.

— Ouaf! jappe un chien qui passe par là.

— *Frisson de peur, frisson d'horreur!* s'écrie Oscar.
*Je suis censé lui faire peur, pas lui demander de...*

jouer
au chat et
à la souris!

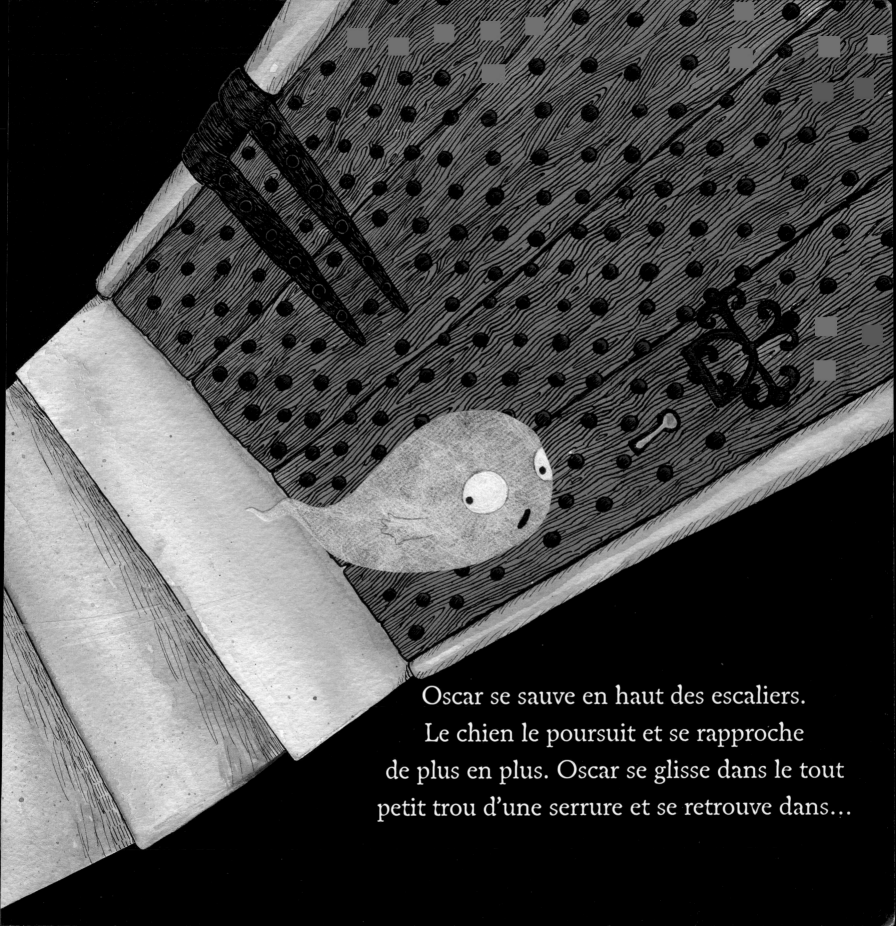

Oscar se sauve en haut des escaliers.
Le chien le poursuit et se rapproche
de plus en plus. Oscar se glisse dans le tout
petit trou d'une serrure et se retrouve dans...

le grenier.
— *Frisson de peur, frisson d'horreur!*
*Je suis sauvé!* s'écrie Oscar.

— Aaaaah! À qui appartient cette voix épouvantable?
couine quelqu'un de minuscule.

—*À moi*, répond Oscar. *Inutile d'avoir peur, je suis tout petit.*
— Alors, tu serais parfait pour nous donner la chair de poule
toutes les nuits, disent le petit roi et la petite reine.
Tu es horriblement effrayant.

— *Vraiment?* demande Oscar qui a enfin l'impression
d'avoir l'étoffe d'un vrai fantôme.
Il se précipite vers le petit château qui
est douillettement douillet et chaleureusement chaleureux.
— *Prêt à hanter votre maison, vos majestés,* ajoute-t-il.

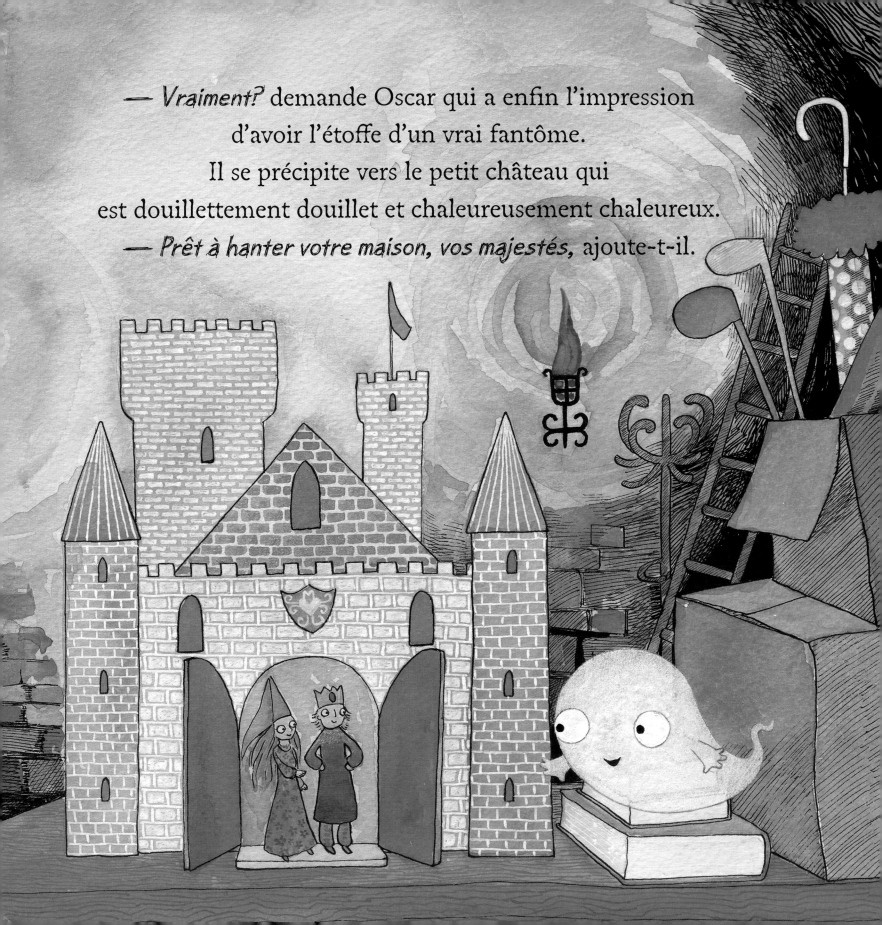

Cette nuit-là, Oscar pousse de gros
« *Bouuu !* » et des « *Ouuuuu* » fantomatiques et,
pour son plus grand bonheur, le tout petit roi et la toute petite
reine frémissent chaque fois.

— Frisson de peur, frisson d'horreur!
Il vous faut trembler, majestés!
Oscar ne se sent plus du tout petit
depuis qu'il hante ce grenier.